La servante du Seigneur

Jean-Louis Fournier

La servante du Seigneur

Stock

Ouvrage publié sous la direction de
Véronique de Bure

Couverture Hubert Michel
Illustration de bande : © Daniel Bendjy /
iStockphoto

ISBN 978-2-234-07536-8

« Douter c'est vivre ;
être bercé par la certitude, c'est mourir. »

Oscar Wilde

J'ai égaré ma fille.

Je suis retourné à l'endroit où je l'avais laissée, elle n'y était plus.

J'ai cherché partout.

J'ai fouillé les forêts, j'ai sondé les lacs, j'ai passé le sable au tamis, j'ai cardé les nuages, j'ai filtré la mer…

Je l'ai retrouvée.

Elle a bien changé.

Je l'ai à peine reconnue.

Elle est grave, elle est sérieuse, elle dit des mots qu'elle ne disait pas avant, elle parle comme un livre.

Je me demande si c'est vraiment elle.

Tu étais charmante et drôle.

Elle est devenue une dame grise, sérieuse comme un pape.

Elle est sévère, elle plaisante moins, elle est dogmatique, autoritaire, elle aime bien faire la morale aux autres.

Les autres, ceux qui ont toujours tort.

Tu t'habillais fort joliment de couleurs vives, tu n'avais pas peur d'être excentrique, même parfois extravagante, tu dénichais aux puces, pour une misère, des fringues étonnantes.

Elle ne se maquille plus. Elle est toujours belle, elle ressemble à un officier de l'Armée du Salut.

Maintenant, elle porte du classique, des vêtements sombres, couleur muraille.

Le loden avant la bure ?

Tu te souviens ?

Un jour, tu m'as demandé ce que je penserais si tu étais religieuse.

C'était il y a plus de dix ans, on venait d'emménager dans notre maison de Paris. Je t'ai répondu tout de suite que je serais flatté. J'ai même ajouté : « Dieu est très fair play avec moi. Après tout ce que j'ai écrit sur lui, il me donne une fille religieuse. Il n'est pas rancunier. »

J'ai cru que tu allais rentrer dans les ordres, chez les carmélites ou les dominicaines.

Tu aurais fait une belle religieuse.

J'ai imaginé la scène de prise d'habit. Les fleurs blanches partout, les lys à l'odeur entêtante, les grandes orgues triomphales. Toi, rayonnante comme tu l'étais avant, d'abord en robe de mariée, puis en robe de religieuse, allongée sur le sol en signe de soumission devant Dieu.

Puis ton visage radieux, tes parents en dimanche et en larmes, conscients d'offrir à Dieu le plus beau des cadeaux. De lui donner ce qu'on a fait de mieux, notre chef-d'œuvre.

Qu'est-ce que tu pensais, à l'époque ? Pensais-tu sérieusement être religieuse, ou tu tâtais le terrain ?

Tu sais bien que je ne suis pas anticlérical, ni agnostique, ni athée. Peut-être panthéiste, tendance iconoclaste.

Je n'aime pas qu'on se moque des curés, je préfère le faire moi-même.

Je l'ai entendue, après, dire du mal de l'Église catholique actuelle, des couvents, des prêtres, des moines, des fidèles. J'avais de la peine à penser qu'elle pouvait entrer dans cette Église-là.

Elle est entrée en religion, mais laquelle ?

Il y a plus de dix ans, elle a décidé de quitter la ville, elle va s'installer sur la côte.

Elle préfère le matin, quand elle ouvre les volets, voir la mer plutôt qu'un panneau publicitaire, entendre les mouettes plutôt que le chant des camionnettes.

Elle sera plus tranquille pour travailler. Ses travaux, elle pourra les envoyer à vol d'oiseau, ou par mail.

C'est ce qu'elle m'a dit. Je l'ai crue.

Elle me propose de venir la voir là-bas, il y aura une chambre pour moi.

Je n'oublie pas le triste déjeuner avant son départ. Le restaurant s'appelait le Restaurant des Soupirs.

C'était un après-midi d'hiver, il faisait sombre. Elle est partie dans la pénombre.

On se téléphone régulièrement, elle me parle de la couleur de la mer, de la couleur du ciel, et de Toto, son chat.

De moins en moins de son métier de graphiste.

J'ai appris par sa mère qu'elle avait rencontré « quelqu'un ».

Il a étudié la théologie à la Faculté, il sera peut-être évêque ? Il écrit une histoire de la philosophie. Il parle le grec et le latin. Je suis ravi. J'ai toujours été impressionné par les intellectuels.

Monseigneur va remonter le QI familial.

J'apprends qu'elle a arrêté le graphisme. Je ne comprends pas.

Tu étais passionnée par ton métier, tu m'avais supplié de t'inscrire à une école d'art de renom. Avec une énergie étonnante, tu organisais des expositions dans les bistrots, tu vendais quelques œuvres. Tu travaillais régulièrement pour deux journaux. Tu avais même eu un entrefilet élogieux dans *Libération*.

J'aimais beaucoup tes créations, elles avaient une personnalité, une légèreté, une insolence qui n'appartenaient qu'à toi.

Et puis, il y a eu notre travail commun.

Je n'oublierai jamais le bonheur que c'était pour moi de travailler avec toi.

Tu commençais à gagner ta vie, modestement mais tu la gagnais.

Maintenant elle dit pas assez.

Tu n'avais pas choisi ce métier pour gagner beaucoup mais parce que tu l'aimais. De toute façon, nous étions là pour t'aider.

Comme elle ne gagnait pas assez, elle a décidé de ne plus rien gagner du tout.

Tu avais dit partir là-bas pour créer...

Elle laisse entendre que, grâce à Monseigneur, elle a eu une révélation.

Elle n'a jamais voulu en dire plus.

J'ai imaginé la scène.

Un soir, devant la mer.

Le soleil était couchant, les nuages étaient incendiés, le ciel était beau comme l'enfer.

On entendait de l'harmonium, le spectacle était surnaturel. Une grande image pieuse.

Monseigneur a dû, comme on le fait avec les enfants, lui faire découvrir, dans les montagnes de nuages, des visages. Surtout un, le plus beau, le plus grand, le plus impressionnant.

Et comme elle avait dû boire pas mal d'hydromel, elle l'a vu.

Il lui souriait comme on ne lui avait jamais souri et, avec sa main et ses doigts de rose, il lui faisait signe de venir.

Il était beau à se damner.

Pas de doute, c'était Jésus.

Elle a déclaré après que plus jamais elle ne serait la même. Ça, je ne l'ai pas inventé.

Elle ne mentait pas. Elle n'est plus la même.

Hélas.

Elle ne veut plus être artiste, elle veut être sainte.

Elle l'a dit sans rire.

Pas sainte-nitouche quand même ? Ça ne lui ressemblerait pas.

Vouloir être sainte ne serait-il pas un péché d'orgueil ?

Comment devient-on une sainte ?

Il faut suivre des cours, option sainteté.

Elle a sur place un professeur particulier.

Peut-on devenir sainte de son vivant ?

Je pensais que c'était seulement après la mort. D'abord béatification, ensuite canonisation. Après seulement, on avait le droit d'écrire « sainte » sur sa carte de visite.

Quand tu seras sainte, tu auras droit à une statue. Méfie-toi, choisis bien le sculpteur. On fait tellement d'horreurs dans le style saint-sulpicien.

La statue de la Sainte Vierge, dans mon école, était si laide qu'un jour je l'ai mise dans les chiottes. Par respect pour la Sainte Vierge. Ça t'avait fait bien rire quand je te l'avais raconté.

Je ne voudrais pas qu'il t'arrive la même aventure.

Elle doit passer son temps à prier.

Éventuellement à carreler les chiottes dans des appartements de Monseigneur.

Je pense à sainte Thérèse de Lisieux. Elle lessivait à grande eau les pavés du couvent, elle passait le parquet à l'encaustique en chantant des cantiques. Elle avait un sourire extatique, et le sentiment de rendre gloire à son Dieu.

Elle avait des excuses, la petite Thérèse, elle n'avait pas la chance d'avoir reçu, à sa naissance, des dons artistiques.

Et elle n'avait pas fait les Arts-Déco.

Tu étais charmante et drôle, j'adorais être avec toi, te faire rire. Toi aussi, tu me faisais rire, tu avais beaucoup d'humour. J'aimais bien te faire des farces.

Je me souviens, un jour, je t'avais promis d'aller te chercher à l'école avec ma nouvelle voiture, une vieille Bentley, superbe. Tu voulais que tes camarades te voient dedans.

Ce jour-là, elle a fait, comme font souvent les vieux, des caprices. Elle ne voulait pas venir, elle a refusé de démarrer.

J'ai eu une idée. J'avais à l'époque une Renault R5, de la même couleur, bleu marine. Je suis venu te chercher avec.

À l'avant de la voiture, j'avais accroché une pancarte où j'avais écrit « petite Bentley ».

Je n'ai pas souvenir que tu aies ri, tes copines, si.

J'ai fait la connaissance de Monseigneur. Il est habillé en noir, il a des bottines qui brillent et des oreilles pointues comme Belzébuth.

Je te l'ai fait remarquer, tu as ri.

On a dîné tous les trois. Quand elle parle, il la regarde avec dévotion. Quoi qu'elle dise, même « passe-moi le sel », Monseigneur est aux anges. Il m'a plusieurs fois dit, au cours du repas, « votre fille est extraordinaire ».

Je n'ai pas besoin de lui pour le savoir.

Tu n'es pas comme les autres.
Tu es beaucoup mieux que les autres.

De la même façon, chaque fois qu'il s'emballe dans une démonstration philosophique, elle l'écoute religieusement et avec ferveur. Je ne sais pas si elle comprend tout, mais elle fait bien semblant.

Il lui demande son avis sur les textes qu'il écrit. Elle est fière, elle entre un peu à la Sorbonne.

C'est un contrat entre eux, j'alimente ton ego, tu alimentes le mien. On se conforte dans l'idée qu'on est les mieux, d'ailleurs on est les mieux.

On médite et on médit des autres.

Monseigneur ne me paraît pas très catholique.

Je ne lui donnerais pas le bon Dieu sans confession.

J'ai fait ma petite enquête. Monseigneur aurait enseigné la théologie dans un institut. Il a écrit une thèse, il ne l'aurait pas terminée.

Je pense que c'est mieux qu'elle le sache.

Elle n'a pas été émue. Pour elle, il s'agit de calomnie, ses confrères sont jaloux, il leur est tellement supérieur.

Monseigneur a gagné, il l'a gagnée. Il

peut lui raconter tout ce qu'il veut, elle le croit.

Si un jour il lui révèle qu'il est Dieu, elle est capable de le croire.

Avant, tu avais un cerveau rose rempli de choses légères et charmantes. Il y avait de l'humour, des petites perles qui brillaient, des oiseaux de paradis, des fleurs des champs.

Monseigneur a mis à la place du lourd : Aristote, des citations grecques et latines, des certitudes.

Elle gobe tout.

Elle ne doute plus, elle sait tout. Elle a toujours raison, les autres toujours tort.

Elle a attrapé ça comme on attrape une hépatite en gobant des coquillages.

Maintenant, grâce à Monseigneur, elle est devenue spécialiste en théologie, en médecine, en diététique, en économie et en chats.

Elle est dans le secret des dieux.

Elle prévoit les catastrophes économiques mondiales, elle donne des conseils.

Il faut acheter de l'or, toutes les banques vont s'effondrer.

Il ne faut pas prendre de petit déjeuner le matin, ce n'est pas bon pour la santé.

Quand j'étais à la recherche d'un chat, elle m'a accompagné. Elle était là, la première fois où on a vu Salomé. Elle m'a dit que cette chatte n'était pas pour moi, il ne fallait absolument pas la prendre. J'ai pris Salomé, on s'entend très bien. Quelques engueulades parfois, comme dans tous les couples.

Tu étais charmante avant, et si drôle…

Je t'ai toujours dit qu'il fallait douter.

Maintenant elle ne doute de rien.

Oscar Wilde a écrit que le cerveau de celui qui n'a que des certitudes arrête de fonctionner, « croire est tellement médiocre ». Je ne veux pas que son cerveau arrête de fonctionner. Un cerveau en marche cherche à comprendre et, forcément, il doute.

Monseigneur lui a appris à ne plus douter, il lui a rempli la tête de ses certitudes. Il est en train de bétonner son cerveau.

Tu vas avoir de plus en plus la tête dure.

Il faut se méfier des certitudes.

Je me souviens d'une *Minute nécessaire de monsieur Cyclopède*. Pierre Desproges présentait un personnage qu'il appelait « le con à champignon ». Le con à champignon répétait sans arrêt : « Moi, les champignons, je connais ; moi, les champignons, je connais... » Et il croquait dans un champignon.

À la séquence suivante, on découvrait Desproges en deuil dans un cimetière, un bouquet de fleurs à la main. Il disait : « Lui, les champignons, il connaissait. »

Étonnant, non ?

Pourquoi cette méfiance à l'égard de l'humanité ? Les politiques tous pourris, les médias tous pourris, le monde tout pourri.

Lors de la succession de son frère Thomas, elle a été très désagréable avec mon notaire. Elle soupçonne tous les notaires de faire de la rétention d'héritage.

Quand il a fallu faire vacciner Salomé, elle a été désagréable avec la vétérinaire. Les vaccins sont inutiles, elle n'y croit pas. Elle croit aux médailles miraculeuses.

Elle sait tout maintenant.

« Qu'est-ce qu'elle fait, ta fille, dans la vie ? »

Difficile à dire.

Pour les garçons, la réponse était simple, c'était rien. Pour elle, maintenant, c'est plus difficile.

Je ne sais plus ce qu'elle fait, je sais ce qu'elle ne fait pas.

Elle ne travaille plus, elle ne vient plus nous voir, elle ne gagne plus sa vie.

On ne peut plus la joindre directement au téléphone. Il faut d'abord l'appeler et laisser un message. Elle rappelle ensuite.

Pourquoi ?

Pour ne pas interrompre les méditations, le karaoké avec des chants grégoriens ?

Peut-être a-t-elle une ligne directe avec Dieu, constamment en service, et qu'il n'est pas question d'interrompre une communication divine ?

Ils vivent dans le secret, comme s'ils avaient quelque chose à nous cacher. Certainement qu'ils font de bonnes actions et, par discrétion, ils ne veulent pas que ça se sache.

Ou alors ils sont recherchés par la police ?
Qu'est-ce qu'ils font ?
Des faux billets, la culture du cannabis, des messes noires ?

Je regarde une carte de toi, un paysage. Les brumes ne se sont pas encore dissipées. Atmosphère ouatée. Au verso, un charmant texte. Tu me remercies pour ma carte à plumes.

Tu trouves que le temps passe vite, tu écris : « Comme je n'ai ni temps ni argent, je te propose, toi qui as les deux, de venir me voir. Je veux te montrer où je vis… »

Je n'ai pas les deux. Pour l'argent, tu as raison, mais pour le temps, je ne sais pas combien il me reste.

Je n'ai pas répondu à ta gentille invitation. Je n'en suis pas fier, ce n'est pas bien.

Tu avais pris la bonne habitude, après la mort de Sylvie, de me téléphoner régulièrement. Tu parlais du temps, de l'actualité et surtout, nous parlions chats. Tu me donnais des nouvelles de Flamme, de Feu, d'Étincelle, d'Éclair, d'Orage et de la sublime Lumière, sa fille, dont tu m'as écrit joliement : « Quand elle parle, on dirait des harpes, c'est beau comme des cantiques. »

Maintenant, silence. Elle n'appelle plus. Elle me laisse dans le noir.

Elle est dans les ordres ou elle est aux ordres ?

Voilà maintenant six mois que ma fille ne me donne plus de nouvelles, surtout elle ne prend plus de nouvelles de son vieux père.

Quand on a un vieux père, on devrait avoir envie de savoir quand on peut venir chercher l'héritage. Pas elle.

Peut-être qu'elle s'en fout ?

J'ai retrouvé les adorables lettres et les dessins que tu m'envoyais quand tu étais petite et après. Je les garde comme des trésors.

Maintenant, elles ont changé de ton.

J'ai inventé, pour rire, un échange de lettres entre nous.

Mon cher papa,

Je te souhaite une bonne fête des Pères, j'espère que tu vas mourir bientôt et que tu vas aller au ciel rapidement grâce à toutes les prières que j'ai dites pour toi.

Ta fille qui t'aime.

Ma chère fille,

Un petit mot pour te dire que je suis encore vivant. Pardon, je ne suis pas encore au ciel. Pardon, ne m'en veux pas trop, j'ai envie de dire que ce n'est pas de ma faute, je ne le fais pas exprès pour t'embêter. Je ne fais rien pour, je ne suis pas de régime, je ne fais pas de gymnastique, je vis normalement, je bois du vin, je fume, je ne vais pas demander conseil à mon médecin ni à mon pharmacien. Que veux-tu, ça dure. Pardonne-moi.

Tu sais, la mauvaise graine…

Merci ma fille, je suis très touché de ton impatience à me savoir au ciel, là où la fête commence.

Ton père qui t'aime.

Le jour de mon mariage avec Sylvie, une amie avait demandé à ma fille quelle impression cela faisait d'assister au mariage de son père. Elle avait répondu : « C'est rigolo, mais son enterrement ce sera encore plus rigolo. »

Mon amie avait été choquée, moi pas.

J'ai défendu ma fille. Elle faisait de l'humour noir.

Maintenant, son humour est devenu rose.

Je lui ai proposé de collaborer à un livre, suite de billets de mauvaise humeur.

Elle m'a d'abord précisé qu'il y avait certains chapitres qu'elle rejetterait. Ils étaient trop méchants.

Elle ne supporte plus l'humour noir.

Elle m'a envoyé deux projets innocents, poétiques, un peu mièvres. Plus rien de commun avec ses images d'avant, corrosives, insolentes.

Je pense à la femme qui semblait une caricature de ta grand-mère, ou à ton personnage en train de péter sur un cube avec un air méchant. Ça ressemblait à des personnages de Dubout. Il y avait en eux une vraie force.

Elle pratique maintenant l'humour rose, pasteurisé, avec des vrais morceaux de fraise.

Elle est tombée dans la layette mystique.

L'humour bleu ciel et rose bonbon, ça n'existe pas.

L'humour, c'est noir.

L'humour, c'est une parade, un baroud d'honneur devant la cruauté, la désolation, la difficulté de l'existence.

L'existence, ce n'est pas un grand lac de lait tiède dans lequel une humanité rose barbotte en échangeant des gentillesses, des confiseries et en chantant des cantiques. C'est plein de sang, de boue noire, de bruit et de fureur.

Je me méfie des gentillesses sucrées, ça fout le diabète.

Qu'est-ce qui t'arrive ? Pourquoi cette phobie de la moquerie, on n'a plus le droit de se moquer, bientôt il sera interdit de rire ?

Pierre Desproges te faisait bien rire…

Quand je relis certaines lettres qu'elle m'a envoyées, quand je me remémore certaines de nos conversations téléphoniques, je ne perds pas totalement espoir.

Elle sait encore très bien être cruelle.

« Jean-Louis, tu sais que tu vas mourir prochainement ?

– Mais oui ma fille, je le sais.

– Très prochainement.

– Oui, peut-être.

– Tu as raté ta vie.

– Certainement, si tu le dis.

– Tu as été un vieil égoïste, tu as fait du tort aux autres.

– J'ai quand même quelques amis qui m'aiment bien.

– Ils ne t'aiment pas. Ils sont intéressés par ton argent. Tu dois normalement être damné, aller en enfer. Mais Dieu est miséricordieux et infiniment bon, il te laisse une chance.

– Enfin une bonne nouvelle.

– Tu dois apprendre enfin à être généreux, tu dois me donner de l'argent.

– À toi ? Tu n'es pas vraiment dans la misère, je pourrais peut-être le donner à des pauvres ?

– Non, à moi, je suis la personne la plus proche de toi.

– Combien faut compter pour une entrée au ciel ?

– Arrête de te moquer, le problème n'est pas que je reçoive de l'argent, j'ai fait vœu de pauvreté. Le problème, c'est que tu cesses d'être un vieil avare, que tu deviennes enfin généreux. Je voudrais être fière de mon père. »

Cette conversation téléphonique date d'un an.

Tu n'as pas eu de chance, tu méritais certainement mieux.

Un père sérieux et ennuyeux.

Un père qui dit des choses importantes.

Un père qui pense qu'on n'est pas là pour rigoler et qui ne rigole pas.

Un père qui fait quelquefois un calembour, mais seulement le dimanche, à la fin du repas.

Un père responsable, avec des gros sourcils, une barbe et l'expression grave de celui qui en a sous la casquette.

Un père qui a du sang-froid et les pieds au chaud dans des grosses bottines ferrées. Pas un va-nu-pieds.

Un père qui n'a pas froid aux yeux, qui n'a pas peur de la mort. Il l'attend avec confiance et impatience. Un père qui va mourir pieusement.

Il a compris que la vie n'était pas importante, simplement un en-cas, avec des amuse-gueules avant le grand festin.

Le grand festin qui n'aura pas de fin.

J'ai fait graver sur la tombe de Sylvie, mon nom. On a été si souvent ensemble sur les génériques de films de télévision qu'il est normal que nous le soyons sur notre dernier film. Et puis je tiens absolument à passer l'éternité à côté de Sylvie.

As-tu pensé à mon faire-part de décès ? Comment penses-tu le rédiger ?

Vas-tu écrire : « J'ai la douleur... la grande tristesse... l'immense chagrin... de vous apprendre le décès de mon père » ?

Dans un livre de savoir-vivre, j'avais écrit que, dans certains cas, on pouvait utiliser la locution : « J'ai la joie de... »

Pour Hitler, par exemple.

Enfin, tu fais ce que tu veux. Mais s'il te plaît, tu ne mets pas « pieusement décédé ».

J'ai reçu une lettre de lectrice. Après les remerciements pour mes livres qui l'« aident à accepter la vie avec tous ses problèmes », elle a écrit : « Et puis il y a votre fille, une fille que tous les pères aimeraient avoir. Ce qui me plaît, c'est qu'elle n'a pas peur de vous montrer sa foi… »

« Quand va-t-il sortir, le livre de Monseigneur ?

– Bientôt.

– Ça fait dix ans qu'il l'écrit.

– Oui, mais c'est un vrai livre, c'est pas comme les tiens.

– Ne vaut-il pas mieux des petits bouquins qui existent qu'un gros qui n'existe pas ?

– C'est un livre destiné au pape, aux évêques, pour réformer l'Église catholique.

– C'est une bonne idée. Ça devrait marcher. »

Tu penses que je suis jaloux de Monseigneur.

Bien sûr, je suis jaloux de Monseigneur.

Quand je regarde le ciel, je ne vois que le ciel ; lui, il voit un tas de choses dedans.

Je ne connais pas bien la théologie, je ne comprends pas tout, parfois je ne comprends rien du tout.

Lui, il a compris.

Il a dû percer tous les mystères, le mystère de la vie, le mystère du monde.

Moi, j'écris des petits livres et je gagne de l'argent ; lui, il écrit un gros livre et ne cherche pas à gagner d'argent.

Il est au-dessus de tout ça.

Je suis jaloux de Monseigneur.

Il t'a à demeure, il profite de ta présence en permanence. Pas moi.

Il t'a en vrai, moi je t'ai en photo.

Il peut discuter avec toi quand il veut. Pas moi.

Quand tu sais que c'est lui qui appelle au téléphone, tu décroches.

Tu l'écoutes religieusement.

Tu le crois. Tu ne me crois pas.

Il a raison, j'ai tort.

Moi, je fais des péchés mortels, j'irai en enfer.

Lui, il ne fait pas de péchés. Il ira au ciel.

Avec toi, le veinard.

Pourquoi, depuis qu'elle a décidé d'être sainte, elle est de moins en moins agréable ? Pourquoi ses parents se retrouvent sur le banc des accusés ?

Certainement nous n'avons pas toujours été à la hauteur, de là à écrire que nous avons toujours été en dessous de tout…

De là à mériter une lettre où elle prétend qu'elle n'a jamais été prise au sérieux, jamais respectée, que l'on n'a jamais tenu compte de son avis, ça paraît un peu exagéré.

Jamais ne m'a effleuré l'idée que tu ne pouvais pas penser par toi-même. C'est le contraire. Nous avions très vite détecté ta force de caractère, ta personnalité.

Peut-être que je ne te l'ai pas assez dit ?

Alors je te le redis.

Savoir que tu me ressemblais n'était pas pour me déplaire. Excessive, passionnée, intransigeante, forte tête, j'aime ça.

Bien sûr, on n'était pas toujours d'accord, et heureusement. On te contredisait, on appelle ça l'éducation. Tu aurais préféré des parents soumis et béats ? Toi qui as le mépris facile, tu les aurais méprisés.

Que tu nous attribues des maladresses, nous le méritons certainement, mais il y a une chose que tu ne peux pas, honnêtement, prétendre. Tu n'as pas le droit de dire que tu n'as pas été libre dans ta jeunesse. Que tu n'as pas pu faire ce que tu voulais. Ce n'est pas vrai.

Tu as fait ce que tu voulais. Tu voulais être artiste. Après ton bac, nous t'avons offert des études dans une école d'art, et tu as commencé à faire ce que tu souhaitais depuis longtemps.

Tu as voulu aller vivre au bord de la mer, tu y es allée, je crois même que ta mère t'a offert ton déménagement.

Pourquoi écrire que tu n'as plus eu de repères après notre séparation, plus de famille, plus de chez-toi ? Je pensais qu'il n'y avait pas de raison, au contraire, tu avais tout en double. Tu t'entendais très bien avec les « nouveaux arrivés » dans la famille, ils te manifestaient beaucoup de tendresse.

Tu semblais heureuse.

Tu dis t'être sentie coupable de notre séparation. Nous ne nous sommes pas séparés à cause de toi, au contraire. Tu étais la seule raison qui nous aurait incités à rester ensemble. Nous voulions chacun te garder. Tu étais notre réussite.

Regarde ce dessin de Reiser.

Devant une fenêtre ouverte, à un étage très élevé, un homme aviné brandit un couteau. Il va assassiner sa compagne qui essaie de le pousser par la fenêtre. Trois petits enfants aux grands yeux fiévreux, blottis dans un coin de la pièce, regardent, terrorisés, leurs parents. Des parents qui ne veulent pas divorcer.

S'ils restent ensemble, c'est pour les enfants…

Tu vois, tu l'as échappé belle.

Tu m'as dit que tu t'es sentie coupable de ne pas être née handicapée.

On ne parle jamais des frères et sœurs des handicapés, comme s'ils étaient en dehors de l'histoire. On ne pense jamais à leur souffrance. Je suis sûr qu'ils dégomment, ces surdoués qu'on croit sans histoire, jusqu'à, comme tu l'as très bien écrit, « être coupables d'être ».

Tes frères plus âgés n'ont jamais été tes gardes-du-corps, ils n'auraient pas pu te protéger ni te défendre.

À l'époque où ils auraient pu piquer ma voiture pour t'emmener danser, c'est toi, devenue la grande sœur, qui les promenais. Tu les tenais par la main, pantins fragiles, titubants et boitillants, à l'équilibre incertain.

Tu étais la petite sœur, mais tu n'as jamais eu de grands frères.

Je viens de retrouver une photo de toi, ancienne, tu devais avoir quinze ans, tu étais superbe, belle comme une Irlandaise. Maureen O'Hara dans *L'Homme tranquille* ou, plus proche, Jane Birkin dans *Blow-Up*. Il y a, à côté de toi, un chat tigré.

C'était à la campagne.

On s'entendait bien. Tu adorais les promenades en traction décapotable.

On avait la tête dans le ciel et on pouvait caresser les vaches sans descendre de voiture et sans marcher dans les bouses.

Quand je parle de ta forte personnalité, il me revient le souvenir d'un petit événement très peu important mais il m'a marqué. Quarante ans plus tard, il remonte à ma mémoire.

Le dimanche après-midi, nous allions souvent voir Françoise, qui était une grande amie de Sylvie. Elle avait une maison pleine d'animaux, près de notre maison de campagne. Nous allions prendre le thé et Françoise, qui adore recevoir, faisait chaque fois une délicieuse brioche. Un jour où tu étais mal lunée, quand Françoise, toute fière, a apporté la brioche, tu as dit bien fort, sur un ton accablé et en soupirant, les yeux au ciel : « Encore de la brioche… »

Tu devais avoir six ans.

J'ai relu une lettre que m'a envoyée Monseigneur.

C'est une lettre amicale, il me remercie d'un de mes livres, apparemment il me félicite.

Je dis apparemment, parce que je ne comprends pas tout. J'ai l'impression d'être devant un tableau de Turner (dernière période). Je ne reconnais pas le paysage. C'est beau, les nébuleuses sont colorées, des trous de lumière percent les nuages.

J'avance à tâtons au milieu des mots et des citations. Visiblité réduite. Le brouillard est tombé sur son texte.

Je ne vois pas où se termine la mer, je ne vois pas où commence le ciel.

Au ciel, au ciel, au ciel j'irai la voir un jour
[la Sainte Vierge],
C'est le cri d'espérance
Qui calme ma souffrance
Au terrestre séjour.

(Cantique de mon enfance.)

Je feuillette l'*Arithmétique impertinente*, ça me fait encore rire.

Jésus est monté au ciel le jour de l'Ascension, la Sainte Vierge est montée au ciel le jour de l'Assomption.

Sachant que Jésus a une vitesse ascensionnelle d'un million de kilomètres à l'heure, que la Sainte Vierge va deux fois moins vite que son fils, et qu'elle est arrivée au ciel trois heures plus tard, on demande la hauteur du ciel.

Solution :

La Vierge a mis deux fois plus de temps que Jésus, donc trois heures représentent le temps qu'a mis Jésus. À un million de kilomètres à l'heure, cela fait trois millions de kilomètres.

Le ciel est à trois millions de kilomètres de hauteur.

Rien ne va plus entre toi et moi.

J'ai appelé au secours Monseigneur. C'était ma dernière solution.

Pour me consoler, il m'a écrit que tu avais rencontré la Vérité et il a appelé à la rescousse l'apôtre Jean qui devait être dans les parages :

« *Et voici le jugement : la lumière est venue dans le monde et les hommes ont mieux aimé les ténèbres que la lumière.* »

Peut-on dire que les hommes ont mieux aimé les ténèbres ?

Saint Jean ne prend pas en compte les coupures de courant. Quand il y a une panne, les hommes se retrouvent dans les ténèbres et ce n'est ni leur choix ni leur faute.

Je n'ai pas choisi d'être dans le noir. J'ai fait le nécessaire, j'ai appelé, c'était toujours occupé. On ne m'a pas répondu.

J'ai regardé dehors. Dans la maison en face, il y avait de la lumière. Ce n'était donc pas une panne générale. C'est mon installation qui est en cause.

À moins qu'on m'ait coupé le courant parce que je n'ai pas payé ?

Une fois encore, je n'ai pas été généreux, j'ai été un vieil avare ?

C'est ma faute, c'est ma très grande faute. *C'est pourquoi je supplie la bienheureuse Vierge Marie, toujours vierge, saint Michel Archange, saint Jean-Baptiste, les saints apôtres Pierre et Paul, tous les saints et vous mon Père, de prier pour moi le Seigneur notre Dieu* de rétablir le courant.

Ainsi soit-il.

Elle veut acheter un chapeau de curé à Monseigneur. Elle a cherché à Saint-Sulpice, elle voudrait une barrette comme en portait Fernandel dans *Don Camillo*. On lui a dit que ça n'existait plus depuis plus de cinquante ans. Elle est un peu déçue.

Je lui ai proposé d'acheter un entonnoir et de le peindre en noir, ça pourrait faire l'affaire.

Je n'oublierai jamais les week-ends, quand on t'emmenait à la campagne. Le bonheur commençait dans la voiture. Tu nous apprenais des chansons.

Je me souviens de la poule grise qui pondait dans l'église, un petit coco tout chaud...

Elle m'a demandé de lui verser une pension.

J'ai été un peu étonné. Elle a plus de quarante ans, elle est en bonne santé, elle avait un métier...

Maintenant, elle gratte des murs, elle enduit, elle gâche du plâtre, elle médite et elle prie. Elle prie pour tout le monde et surtout pour moi, à l'œil, donc je dois payer.

Elle voudrait être une sainte subventionnée.

Quand Sylvie est morte, tu es venue passer une longue période à Paris, tu as classé mes papiers. Chaque fois que je range des factures, je pense à toi.

Tu t'es souciée de moi, de la maison, de l'intendance, tu as donné des consignes à Manuela.

Pourquoi tu as fait ça ?

Pourquoi as-tu été aussi gentille avec moi ?

Pour me faire plaisir ? Par amour ou par devoir ?

Pour aller au ciel ?

Au ciel, au ciel au ciel...

Je feuillette mon livre *Le Curriculum vitae de Dieu*.

Ton dieu est un petit monsieur insignifiant, il pourrait être expert-comptable ou plombier. Il présente la Terre avec un air bonasse, tout fier de son œuvre.

Maintenant que tu le connais mieux et que tu le fréquentes plus assidûment, son image et ton regard ont dû évoluer.

Comment le représenterais-tu, aujourd'hui ?

Tu lui mettrais une couronne, ou un képi de gendarme ?

Une robe blanche ou une tenue de combat ?

Ma fille m'a demandé pour Noël un 4 × 4 intérieur cuir. Je l'ai exaucée. Je lui en ai acheté un.

Heureusement qu'elle a fait vœu de pauvreté, sinon elle m'aurait demandé une Rolls-Royce.

Je l'ai échappé belle.

Tous les soirs, je joue un nouveau spectacle au Théâtre du Rond-Point, ça s'appelle *Mon dernier cheveu noir*. Il y a une séquence sur un père qui marie sa fille. Je dis : « Ma fille est superbe, elle a des vraies roses dans les cheveux, on dirait un Botticelli. »

Je pense à toi ma fille, et mes yeux fuient.

Monseigneur m'a envoyé une lettre de condoléances lors du décès de Thomas. La lettre commence par « Je vous félicite pour cette exceptionnelle réussite ».

J'ai eu du mal à comprendre. Thomas était lourdement handicapé.

Ce n'était pas de l'humour. J'ai compris après.

Il me félicitait d'avoir peuplé le ciel d'un nouvel ange, d'avoir fait cadeau de mon fils au ciel et à Dieu.

De quoi culpabiliser les parents qui, égoïstement, gardent leurs enfants pour eux.

Pourquoi ne pas revenir à la charmante époque des sacrifices humains où l'on savait partager ?

Elle a trouvé la lettre très bien.

Mes voisins voudraient que la brebis égarée que je suis revienne au bercail, rejoindre le bon pasteur. Ils prient pour moi.

Je suis égaré. Je cherche mon chemin et je n'ai pas de GPS. J'erre au milieu des taillis et des ronces qui m'écorchent. Mes genoux sont couronnés, je sanguinole comme un Jésus sur sa croix.

Toi aussi, ma fille, tu as été une brebis égarée. Maintenant, tu penses avoir trouvé le chemin. Tu fonces, tête baissée, comme un bélier, quitte à renverser les autres.

Récemment, mes voisins m'ont fait rencontrer chez eux un jésuite de quatre-vingt-dix ans, théologien reconnu et respecté. Il est l'auteur de plusieurs ouvrages. Il était passionnant et plein d'humour.

Péremptoire, elle a déclaré qu'il était dans l'erreur.

Comment peut-on aussi rapidement condamner quelqu'un sous prétexte qu'il ne pense pas la même chose que vous ? Est-ce qu'on n'appelle pas ça du sectarisme ?

Pourquoi serait-elle la seule à avoir raison ?

Peut-être que dans les avis divergents des siens, des paillettes de vérité brillent.

Et la tolérance, l'ouverture d'esprit ?

Même Monseigneur, à son propos, parle de zèle du néophyte, péché de jeunesse.

La néophyte a quand même quarante ans bien sonnés.

Sonnez les matines, sonnez les matines,
Ding ding dong…

Maintenant, elle n'entend qu'un son de cloche.

La même cloche depuis plus de dix ans.

Elle vit en monophonie, j'aimerais tellement qu'elle redécouvre la stéréophonie, la polyphonie…

Quand les voix se mêlent, se heurtent, s'opposent. Les débats où les avis divergent, où l'on débat sans se battre. La richesse des contradictions entre ceux qui ne sont pas du même avis. Écouter les autres. Aller par curiosité regarder ailleurs.

Voir si, ailleurs, il n'y a pas un peu de vérité.

Est-elle encore curieuse ?

Sectaire, ça commence comme sécateur, ça coupe. Ça coupe des parents, ça coupe des amis, ça coupe du monde professionnel, ça coupe du monde tout court.

Ma fille porte les cicatrices de ces coupures. Elle n'a plus ses racines, elle a renié son passé, elle oublie sa famille, ses amis, elle a tout rejeté. Elle s'est inventé une enfance malheureuse, elle n'aurait pas été comprise, elle n'aurait pas été prise au sérieux et, plus grave, elle n'aurait pas été aimée, elle nous l'a écrit.

Tu es partie dans la pénombre un après-midi d'hiver, il faisait sombre.

Elle partait pour y voir plus clair.
Là-bas, la lumière était plus belle.
Paris s'est obscurci.
Ça ne s'est pas levé, ce n'était pas un nuage qui passait. C'était une éclipse.
Une éclipse, c'est le passage d'un corps céleste dans la pénombre.
On a d'abord cru à une éclipse partielle, on n'imaginait pas que ce serait long.

Tu étais notre lumière, après tellement de ténèbres.

Maintenant, elle vit avec un allumeur de réverbères. Elle est dans l'ombre des certitudes du Moyen Âge. Il est illuminé, mais il n'éclaire pas.

Elle croit y voir plus clair.

Ses parents sont restés dans le noir.

Je me demande si elle reviendra jamais, la lumière.

Elle aime le Moyen Âge.

Il ne faudrait pas oublier que ça n'était pas le paradis. Il n'y faisait pas toujours bon vivre. Il faisait sombre. Les fenêtres étaient petites, on les appelait meurtrières. On s'éclairait à la bougie, la lumière du dehors ne rentrait pas à l'intérieur. Comme si on avait peur de voir, peur d'être vu. Monsieur Robert donne à « moyenâgeux » les synonymes « suranné » et « vétuste ».

Le Moyen Âge ne sentait pas la lumière mais la poussière.

On mourait jeune, on brûlait les fous, il y avait des épidémies, la peste a tué une personne sur deux. Elle prétend que n'étaient touchés que les mécréants. La peste était une punition de Dieu.

Pourquoi elle dit ça maintenant ?

Elle ne le pensait pas avant.

D'où lui viennent ces certitudes ?

Il y avait bien sûr les sublimes cathédrales. Au Moyen Âge, il y avait beaucoup d'artistes anonymes, ils travaillaient pour la grande gloire de Dieu. Dieu leur tenait la main. Ils ne signaient pas leurs œuvres. Il a fallu qu'arrive la Renaissance pour que les artistes soient connus, reconnus. Ils devenaient des créateurs. Ils allaient faire de l'ombre à Dieu. Dieu n'était plus le seul créateur de la beauté.

Elle rejette les artistes orgueilleux qui signent leurs œuvres. Moi, je ne dirais pas orgueilleux, je dirais courageux. Je n'ai jamais apprécié les lettres anonymes.

C'est vrai que les artistes doivent beaucoup à Dieu. Si Dieu n'avait pas créé les pommes, Cézanne était condamné à peindre des compotiers vides.

Tu aimais bien la musique, les lieder... Nous t'en achetions souvent.

Apparemment elle n'écoute plus ni Mozart, ni Chopin, ni Beethoven, ni Schubert, ni Schumann, ni Scarlatti, ni Vivaldi, ni Brahms, ni même Bach dont la musique lui semble triste...

Ne trouve grâce à ses oreilles que le chant grégorien.

Elle rejette tout ce qui est triste, les *requiem*, les *pietà*, les crucifixions, les descentes de Croix des peintres flamands et italiens...

Ne trouvent grâce à ses yeux que les Vierges saint-sulpiciennes pimpantes avec du vernis rouge sur leurs ongles de pieds et leur sourire niais.

Ne réduis pas ton champ d'admiration. Ce champ doit rester infini. Les grandes œuvres sont rarement guillerettes.

Tu adorais Marilyn Monroe, tu avais des posters d'elle dans ton appartement.

Maintenant, elle se shoote aux saintes espagnoles dont on voit les images dans les loges des concierges.

L'été dernier, alors qu'on se baignait, j'ai cru voir sur ses chevilles des marques rouges.

Peut-être que là-bas, elle est enchaînée, qu'elle dort la nuit dans une cave sombre et humide au milieu de loups efflanqués aux yeux fluos.

Elle n'est pas dans une secte, ou alors une secte qui n'a pas réussi. Ils doivent être trois. Trois pelés et un tondu, il manque le tondu. Ils comptent peut-être sur moi ?

Apparemment, elle est libre.

Elle a le droit d'aller voir ses vieux parents.

Un droit dont elle n'abuse pas.

Depuis près de quinze ans, elle ne vient plus pour les fêtes de fin d'année. On reçoit une carte avec quelques lignes édifiantes, quelquefois une œuvre d'art *made in China*.

En cas de coup dur, elle est là.

Elle est restée plusieurs semaines avec moi quand Sylvie est morte.

Elle a le sens du devoir.

Alors, de quoi je me plains ?

Je ne la retrouve plus. Elle n'est plus la même. Je ne la reconnais pas.

Je voulais qu'elle garde sa fantaisie, je voulais qu'elle garde son goût pour les arts, sa curiosité, je voulais qu'elle continue à s'habiller avec des couleurs vives, qu'elle ait plein d'amis rigolos avec des cheveux longs. Qu'on continue à rire ensemble. Qu'elle se couche tard.

D'après ce qu'elle me dit, elle se couche à 19 heures comme les poules, elle se lève à 5 heures comme le soleil, et elle prie.

Je voulais… je voulais…

Je n'ai pas à vouloir.

Elle n'a pas été mise sur terre pour que ma volonté soit faite, pour que je sois heureux.

L'important, c'est qu'elle soit heureuse.

Est-ce qu'elle est heureuse ?

Elle n'est plus inquiète pendant le voyage.

Elle va s'allonger derrière, il y a des sièges vides au fond, elle peut dormir tranquille. Il n'y a pas de danger, c'est Dieu qui conduit. Dieu conduit bien, il est prudent et il ne boit que de la Tourtel.

Elle est devenue calme et patiente.

Patiente et calme, comme les patients qui ont pris un calmant.

Tu m'as envoyé une photo de tes chatons sauvages. Je l'ai mise dans ma cuisine. Je les regarde souvent, ils sont bouleversants, petits témoins poilus de mes activités culinaires.

Noël dernier, pour lui faire plaisir, je l'ai emmenée à Solesmes. Je suis sensible à tout ce qui entoure les moines, l'architecture, la musique, quoique je n'ignore pas « l'origine crapuleuse du chant grégorien[1] », et surtout, il y a un divin restaurant à côté de l'abbaye.

On a passé de très bons moments ensemble. On a fait un peu de tourisme aux alentours, on a visité des églises.

Je me souviens, à l'entrée d'une chapelle romane, nous étions à côté du bénitier. Tu m'as aspergé d'eau bénite, parce que je t'avais dit que j'étais le diable.

1. André Frédérique, poète (1915-1957).

Ton humour et notre complicité étaient en train de renaître.

Elle a suivi tous les offices, religieusement. Je me souviens de la messe de la nuit de Noël, qui a duré cinq heures. Je l'avais accompagnée, mais j'avais eu la sagesse de rester au fond de l'église. Elle a tenu le coup, pas moi.

Le lendemain matin, nous rentrions à Paris, elle a voulu, avant de partir, assister à la messe.

C'est plus de l'amour, c'est de la rage.

Tu as toujours été excessive, même petite. Je me souviens de vacances au Portugal, il y avait une piscine dans l'hôtel, avec un plongeoir. Tu passais toute la journée à plonger et replonger. Quand, après une centaine de plongeons, on t'appelait pour rentrer, on avait droit à : « On n'a jamais le droit de plonger… »

Tu avais dix ans et les yeux rouges.

Je sais que je vais mourir prochainement, elle me l'a rappelé délicatement, et je vais laisser un bel héritage.

Que vont-ils faire de l'argent que Sylvie et moi avons gagné avec notre travail ?

Je serais rassuré de savoir que cet argent servira à des bonnes œuvres, à subventionner des écoles ou des hôpitaux dans le tiers-monde, à aider à l'éducation des jeunes deshérités...

Pas sûr.

Elle ne semble pas attirée par le caritatif.

Elle est pour le tout-comtemplatif.

Tu es encadrée dans le bureau vert, une vieille photo, tu dois avoir douze ans. Je te regarde souvent. Tu es très charmante, tu fais jeune fille de bonne famille, coiffure classique, beau sourire.

Tu me souris chaque fois que je passe dans la pièce. J'y passe souvent, exprès.

J'ai la nostalgie du passé.

On s'entendait bien avant.

Pourquoi maintenant c'est si difficile ?

On est tous les deux orgueilleux et pudiques.

Si tu savais ce que je pense de toi, tu serais certainement bouleversée. Est-ce que je le serais aussi, si je savais ce que tu penses de moi ?

On ne dit rien, on ne montre rien.

Nos sentiments sont classés secret défense.

Je ne l'ai pas invitée au Théâtre du Rond-Point pour voir *Mon dernier cheveu noir*. Je n'ai pas eu envie qu'elle vienne.

C'est terrible, quand j'y pense. Il y a quelques années, tu aurais été, avec Sylvie, l'invitée d'honneur. L'année dernière, à mon premier spectacle, *Tout enfant abandonné sera détruit*, j'étais content que tu sois là, je te demandais des conseils.

Qu'est-ce qui m'arrive ?

Peut-être que, moi non plus, je ne suis plus le même ?

Peut-être qu'à la différence des piles, les sentiments s'usent quand on ne s'en sert pas.

D'après ce que tu me dis, tu vas mieux.

Tu parais effectivement plus équilibrée, tu es plus patiente, tu sembles calme.

Tu as une vie saine, tu t'occupes de tes animaux, une vie simple dans la nature.

Tu as fui la ville. Le rêve de beaucoup.

Est-ce que ce n'est pas tout simplement l'âge ? Les turbulences et les inquiétudes de la jeunesse se sont éloignées, tu commences à atteindre les rivages de la maturité.

Tu sembles heureuse.

Je ne me résigne pas pour toi à ce bonheur-là.

J'ai regardé des planches de tes anciens travaux. Tu as un vrai don, pourquoi tu as abandonné ?

Quand on a reçu un don, on a des obligations. Souviens-toi de la parabole des talents dans l'Évangile. Tu imagines la tête du père de Mozart si, à vingt ans, Wolfgang lui avait dit « J'arrête la musique, je voudrais être footballeur » ?

J'ai relu avec émotion une lettre que tu avais envoyée à ma mère, ta grand-mère, ta chère « Mémêêêêh » comme tu l'appelais. Vous aviez toutes les deux une relation faite d'affection et d'humour. Ma mère adorait ta fantaisie. Tu lui faisais part dans ta lettre de tes projets.

« Je vais démarcher à tout-va avec mon gros book dans les agences. À côté, je vais dessiner des tissus d'ameublement avec des fleurs. »

C'était en 1993.

Un pieux souhait ?

Pourquoi, maintenant que tu dis être heureuse, que tu déclares être sur terre pour le bien des autres, tu t'es durcie ?

Tu as perdu l'indulgence ?

Pourquoi, depuis que tu es à Dieu, tu es odieuse ?

Te souviens-tu des lamas ?

On était allés à Coyolles voir tes frères. Quand on a traversé le parc, ils nous ont vus, ils ont poussé leur cri ridicule. Pas tes frères, les lamas. On leur a répondu en essayant de les imiter, ils ont repris de plus belle, agressifs, ils se rendaient compte qu'on se moquait d'eux.

Notre dialogue a duré un bon moment.

C'est la même ?

Celle qui est venue me consoler après la mort de Sylvie, qui m'a aidé à remonter le chemin ?

Celle qui, un an plus tard, m'écrit que je suis un vieil avare, que je fais du tort autour de moi ?

Je ne suis pas un père parfait, tu n'es pas une fille parfaite. Entre imparfaits, on devrait s'entendre.

Tu as eu une enfance difficile. Des parents qui ne s'entendaient plus et ont divorcé, deux frères handicapés dont tu t'es toujours bien occupée, je ne l'oublie pas. Tu as plein de circonstances atténuantes. Tu as droit à l'indulgence.

Depuis plusieurs années, tu ne viens plus nous voir à Noël. Je ne t'ai pas suppliée, je ne fais pas de mendicité.

Fille, pourquoi nous as-tu abandonnés ?

Cauchemar récurrent.

On a prévenu la police, on cherche.

Des gendarmes fouillent la forêt avec des chats sauvages.

Elle aurait été aperçue en Bretagne.

Un gendarme en soutane m'a demandé des signes particuliers, j'ai dit : « Elle est belle. »

Il m'a répondu : « Elle n'est pas la seule. »

J'ai ajouté : « Plus belle que les autres. »

Ses deux frères n'ont pas été enlevés, on n'enlève pas les handicapés, c'est trop encombrant, et souvent les parents ne veulent pas payer la rançon.

Il m'a demandé si j'étais prêt à payer une rançon, j'ai dit oui. Jusqu'à combien ? J'ai répondu tout.

Un gendarme pense à une fugue.

Il m'a demandé si on la battait, j'ai dit non.

Il a demandé si elle était heureuse avec nous, j'ai répondu je crois.

Le gendarme en soutane a dit que si elle était heureuse, elle ne serait pas partie et il m'a donné un coup de goupillon sur la tête.

Je me suis réveillé, la tête trempée, songeur.

Nous, on était heureux avec elle.

Peut-être qu'elle n'était pas heureuse avec nous ?

En me relisant je m'aperçois que plusieurs fois j'ai utilisé le mot « heureuse » à ton propos. Tu étais « heureuse », tu avais eu une jeunesse « heureuse »... Qu'est-ce que j'en sais ?

Être heureux ne devrait être conjugué qu'à la première personne du singulier et par le principal intéressé. Il n'y a que lui qui sait s'il est heureux ou pas.

Conclure que quelqu'un est heureux est toujours très risqué. On peut avoir tout pour être heureux sauf le bonheur.

Les symptômes comme le rire, l'humour, la bonne humeur, ne sont pas suffisants pour diagnostiquer le bonheur. Le bonheur est bien plus compliqué. C'est une harmonie aussi difficile à obtenir que le *pianissimo* de centaines d'instruments différents dans un orchestre symphonique.

Je connais des gens heureux qui ont l'air triste et des gens malheureux qui plaisantent toujours.

S'ils plaisantent, c'est peut-être pour être moins malheureux.

L'humour est un antalgique, on l'utilise quand on a mal.

J'ai corrigé mon texte, j'ai ajouté « semblait » devant « être heureuse ».

J'espère que tu me rendras la pareille.

Ne va pas imaginer, si je plaisante parfois dans ces pages, que je sois follement heureux.

Quand tu es revenue, à la mort de Sylvie, j'ai pensé que c'était un cadeau que Sylvie nous faisait en partant. Elle souhaitait tellement que nous nous retrouvions.

On s'est retrouvés.

Tu m'as accompagné en Charente où je ne voulais plus retourner. Tu as occupé la chambre de Sylvie, c'est normal, tu es la maîtresse de maison, maintenant. Grâce à toi, j'ai retrouvé le plaisir d'y être. Tu as fait la connaissance de mes amis, on a mangé des huîtres, on a bu du sancerre, on a regardé la mer et le ciel et les oiseaux qui tournicotent autour de l'église.

L'été suivant, tu n'es pas revenue.

Fausse joie, vrai chagrin.

Je passe souvent dans le bureau vert. Je regarde le sous-verre avec ta photo. Tu souris toujours. Tu es émouvante.

J'ai avancé la main pour te caresser la joue.

C'était dur et froid comme du verre.

Je n'oublierai jamais le ciel bleu sous lequel je t'ai aidée à réviser ton bac. Nous étions sur une terrasse en pierre sèche dans la belle maison des Dupont. Il y avait bien le bruit agaçant des cigales, mais le paysage était sublime. On a beaucoup travaillé, je me souviens des leçons de philo, j'essayais d'être clair et simple, c'est la chose la plus difficile au monde. J'ai la naïveté de penser qu'on peut rendre claires les choses les plus compliquées, mais il faut du temps. Je ne crois pas, comme l'écrivait Voltaire, que « les ruisseaux sont clairs parce que peu profonds ».

Tu as réussi ton bac. Quelle joie intense.

Je n'oublierai jamais le cadeau que tu m'as fait, avec les petits mots : « Ceci est un Zippo. Mais pas n'importe quel Zippo, c'est un Zippo unique » (c'était vrai, tu y avais fait graver mes initiales). Il était accompagné d'un délicat message : « Cela, c'est pour te féliciter d'avoir réussi le bac. Merci encore, bisous. »

On était capables de réussir un tas de choses passionnantes. Ensemble.

J'ai sur mon bureau une carte postale de toi, il y a la photo d'un superbe petit chat noir et hirsute, il a sur la tête une souris blanche. Derrière, tu as écrit : « Pour mon gentil papa, merci pour tout. »

Tu n'as pas l'habitude, comme moi, de faire des déclarations, on appelle ça la pudeur. Ces quelques mots ont d'autant plus de poids.

Le mot « gentil » collé à « papa » m'a bouleversé et me bouleverse encore. Cette carte n'est pas très ancienne, elle doit avoir deux ans, elle date de ton séjour après la mort de Sylvie.

Deux ans plus tard, le gentil papa est devenu un vieux gamin égoïste et sadique qui fait beaucoup de mal, et pas qu'aux autres.

Qu'est-ce qui s'est passé ?

Elle était charmante, comme toi.

Elle était intelligente, comme toi.

Elle avait de l'humour, comme toi.

Elle avait l'air de m'apprécier.

Elle donnait l'impression d'être bien avec moi.

Son amitié me bouleversait.

Elle me trouvait des qualités. Elle m'a écrit que j'étais simple et généreux. Un moment, je n'ai plus été le vieux gamin égoïste et sadique que je suis pour toi.

Elle pensait que je n'avais pas toujours tort, même, quelquefois, que j'avais raison.

Elle ne me donnait pas de conseils, peut-être qu'elle en attendait ?

Elle ne me faisait pas la morale.

J'ai failli te tromper. J'aurais bien aimé l'avoir comme fille.

Tu ne vas pas recommencer, tu ne vas pas me reparler du diable ?

Bonne-maman d'Arras, ton arrière-grand-mère, me disait que je l'avais dans le ventre.

Chaque soir, j'avais peur de m'endormir en état de péché mortel. J'entendais les cris atroces des damnés et les rires des diables qui nous poussaient avec leur trident dans une gigantesque marmite remplie d'huile bouillante où ils allaient nous frire. Je criais dans mes cauchemars, je ne voulais pas devenir une frite.

Je n'imaginais pas que, soixante ans plus tard, ma fille allait en remettre une louche, me bassiner avec le diable.

Tu ne veux quand même pas devenir la bigote de la famille ?

S'il te plaît, lâche-moi les pantoufles, ne prie pas pour moi, je vais bien.

Je n'ai pas l'ambition de trouver Dieu, je cherche seulement des moments de bonheur.

Je les trouve, quelquefois, grâce à eux.

Ils s'appellent Mozart, Bach, Watteau, Turner, Flaubert, Rembrandt, Ionesco, Kafka, Reiser, Le Caravage, Chaplin, Bacon, Thurber, Daumier, Schiele, Chaval, Racine, Chopin, Corot, Chardin, Molière, Toulouse-Lautrec, Rodin, Beethoven, Verlaine, Rimbaud, Vinci, Titien, Schubert, Trenet, Prévert…

J'ai reçu une très belle carte de ma fille, il s'agit d'une photo qu'elle a dû prendre d'un vitrail.

Il représente l'apôtre saint Marc en costume de lion. Le rouge du vitrail est saignant.

Au dos de la photo, un court texte :

Bon anniversaire Jean-Louis. Ton cadeau, ce sera une messe (je te préviendrai de la date).

Je t'embrasse.

C'est extraordinaire, comment elle a deviné, transmission de pensées ? Ce matin, en me levant, je me suis dit : « Tiens, je m'offrirais bien une petite messe. »

J'attends avec impatience le cadeau du prochain anniversaire.

Le sacrement de l'extrême-onction ou la messe de *requiem* ?

J'ai toujours été inquiet, comme un malade.

Tous les soirs, cinq minutes après ta sortie de l'école, je téléphonais à l'appartement où tu vivais avec ta mère. Tu habitais à quatre minutes de l'école. Tu avais donc une minute de liberté.

Un jour, tu es rentrée sept minutes plus tard. Je n'oublierai jamais ces sept minutes.

Tu en avais peut-être marre de mes coups de téléphone, de mon inquiétude ?

Extrait d’une lettre de toi :

« Tu oublies ma date anniversaire, tu ignores mon âge. »

J’oublie les anniversaires de tout le monde, même le mien.

C’est vrai, j’ignore ton âge, pour moi tu as toujours vingt ans, mais crois-moi, je n’oublierai jamais ta naissance.

Est-ce que c’est aussi important que ça, le jour anniversaire ? Faut-il attendre le jour anniversaire pour penser aux gens ? On peut y penser les autres jours.

Ne serait-elle pas devenue formaliste et conventionnelle ?

Elle n'oublie pas les dates.
Elle oublie seulement les gens.

Une carte postale de toi.

Il est tout petit, dans une église, il est à genoux, seul au milieu des rangées de chaises vides. Son visage est levé vers l'autel. Il prie avec ferveur : « Faites, mon Dieu, je vous en supplie, que Jean-Louis s'occupe enfin de son âme. »

Le dessin doit être de Sempé, tu as inventé ou modifié la légende.

Tu penses sérieusement que Jean-Louis a une âme ?

Jean-Louis, il a le diable dans le ventre, il ne peut pas, en même temps, avoir une âme.

Ou alors une âme pleine de taches, des vieilles taches qui résistent au savon et à l'absolution.

Tu souhaites me convertir.

Le mot « convertir » me fait peur.

Monsieur Robert m'a appris hier que convertir, c'est « adopter une nouvelle croyance en abandonnant ce qui est considéré comme une erreur ».

On parle actuellement dans la presse de conversions qui font froid dans le dos. Les jeunes convertis sont prêts à tout.

La conversion, c'est un brutal éblouissement. Après un éblouissement, on ne voit plus clair, on est aveuglé, on se retrouve dans le noir, comme les lièvres éblouis par les phares d'une automobile.

Crois-tu que je sois attiré par le Dieu qui t'a éblouie ?

Il me fait peur.

Je pensais qu'il était bon, indulgent, qu'il pardonnait toujours. Il laissait venir à lui les petits enfants qui font beaucoup de bêtises.

Je croyais que la religion catholique était une école de charité, d'humilité, de tolérance et d'amour, avec comme refrain « Aimez-vous les uns les autres »...

Je regarde avec beaucoup d'émotion les cadeaux que tu m'as faits.

J'ai toujours la petite voiture que tu m'avais achetée avec tes économies, tu avais huit ans, tu croyais que c'était une traction, comme la mienne. Tu as pleuré quand je t'ai dit que c'était une Duesenberg.

Le tutu de la petite danseuse de Degas a un peu jauni.

Le beau pull en cachemire rose me va bien. Je me trouve beau et je pense à toi. Avec tendresse.

Je me souviens d'une route de campagne, nous étions tous les deux en voiture, tu parlais de ta mère, tu lui faisais des reproches. Je t'ai demandé si ça ne te gênait pas de dire du mal d'elle dans une voiture qu'elle venait de t'offrir.

Je pense à ton 4 × 4. Il doit en entendre, lui aussi, des choses pas très agréables sur moi.

Tu es devenue très dure.

Où tu l'as mise, ta sensibilité ?

Dans le coffre ?

Je reçois de toi, à l'instant, une superbe écharpe en soie. L'écharpe a des motifs à la Klimt. Elle va me tenir compagnie pendant la belle fête de Noël qui est une fête de famille.

J'en ai les larmes aux yeux…

Je n'ai plus envie de me moquer… Tu vois comme il me faut peu de chose.

Je te souhaite bonne année et bonne conscience.

Je retrouve une carte écrite par toi. Au titre de mon livre, *Il a jamais tué personne, mon papa*, tu as ajouté : « mais il a besoin de moi ».

Bien sûr que j'ai besoin de toi, comme tu as besoin de moi. Tu es la fille, je suis le père, nous sommes les plus proches. Nous sommes condamnés l'un à l'autre, jusqu'à la fin des temps. Tu aurais pu avoir mieux, j'aurais pu avoir pire. Notre lien de parenté est en gros cordage, solide comme celui des bateaux, pas du bolduc doré qu'on met autour des cadeaux de Noël.

Bien sûr que j'ai besoin de toi.

Il y a des 25 décembre, comme aujourd'hui, où je n'aurais pas été mécontent de te voir.

Il faut que je m'habitue, c'est une période où tu as fort à faire. Tu as le bonheur du monde en charge, peut-être pas le mien.

Mais je sais que tu vas bien t'occuper de moi quand je serai mort. Tu me fais déjà dire des messes alors que je ne suis pas entièrement mort. Tu es dans la tradition. Il y a soixante ans, bonne-maman d'Arras faisait dire, avec le succès qu'on connaît, des messes pour mon père, mon père qui ne buvait pas que de la Tourtel, qui traitait bonne-maman d'Arras de grenouille de bénitier et lui disait d'aller coucher avec ses chanoines, mon père pas mort, seulement ivre mort.

Ces messes, c'était pour qu'il arrête de boire.

J'ai accroché dans mon bureau un de tes tableaux. Il représente des religieuses. Il date de 1998. Il a été peint avant ton départ sur la côte.

Le tableau est étonnant, apparemment naïf. En regardant de plus près, on découvre des choses étranges.

Il est composé de neuf caissons. Dans chacun, il y a une religieuse. Les neuf religieuses sont sur fond violet, dans la même posture. Un voile noir cache leurs yeux, elles ont un surplis blanc, une robe noire. Elles sont espiègles, on dirait des pies.

On ne voit d'elles qu'une partie du visage et une main qui dépasse.

Les religieuses méditent sous leur voile, elles ne doivent rien voir.

Seule la dernière, dont on voit les yeux, voit.

Le tableau s'intitule *L'Éveil.*

C'était un tableau prémonitoire.

Jésus t'avait déjà mis le grappin dessus.

Monseigneur n'a été qu'un catalyseur. Le feu était prêt, il n'a eu qu'à craquer une allumette pour que ça prenne.

À l'époque, je suis passé à côté de ce tableau, je le comprends seulement maintenant.

Peut-être que je suis passé à côté de toi aussi.

Qu'ai-je le mieux réussi dans ma vie ?

Pour quelle œuvre aurais-je pu être nommé meilleur ouvrier de France ?

Quel film, quel livre ?

J'ai regardé les photos de famille, je crois que j'ai trouvé.

C'est toi, mon chef-d'œuvre.

Après avoir lu tout ce que j'ai écrit sur toi, tu vas penser que je dis ça pour rire...

Non, je ne me fous pas de toi. C'est vrai. C'est de toi dont je suis le plus fier.

Tu as été ma Miss Monde.

Je mentirais si je te disais que je garderais l'œuvre en l'état, j'y apporterais bien quelques modifications.

J'adoucirais certains angles vifs, je polirais certaines surfaces rugueuses, j'éclaircirais certaines teintes devenues sombres.

Ce ne seraient que de légères interventions.

Je veux que tu restes fidèle à l'original.

Est-ce que tu te souviens de la dédicace que je t'avais faite sur mon premier livre ?

J'avais couvert la page du même mot, c'était l'adverbe de quantité « très ».

« Très très

très très… »

Au verso de la page, j'avais écrit :

« … fier de t'avoir comme fille. »

Quand rentres-tu ?

Je t'ai préparé un très bon goûter, avec tout ce que tu aimes. J'ai choisi des fruits rares. J'ai mis sur la table une nappe brodée, des petits couverts à dessert en argent, des assiettes du XVIIIe peintes à la main. Des carafes en cristal taillé, des jus de fruits de toutes les couleurs, une chocolatière qui fume, des brioches tièdes. Encore de la brioche…

Quand rentres-tu ?
Dépêche-toi, tout va refroidir.

À tes chats qui vont pleurer de te voir partir, tu diras à bientôt, je reviens. Tu garderas ta résidence au bord de la mer, elle sera secondaire.

Quand tu rentreras, on fera une grande fête, avec une chorale d'oiseaux et des singes bleus qui t'applaudiront à quatre mains.

Je t'attends pour goûter.
Dépêche-toi, tout va refroidir.

Quand tu rentreras, il y aura un immense bonheur.
Je t'attends depuis plus de dix ans.
Pour une fois, j'ai de la patience. Tu vas revenir.
On a plein de choses à se dire, tu as des nouvelles chansons à m'apprendre, j'ai de nouvelles histoires à te raconter pour te faire rire...

Dépêche-toi, tout va refroidir.
Je voudrais te voir agiter ton mouchoir et rire quand je vais partir.

Reviens,
avant que je m'en aille.

Je laisse à ma fille le mot de la fin.

Tout le monde n'a pas la chance d'avoir un père qui offre sa propre fille au monde entier après l'avoir défigurée.

En tant que « chef-d'œuvre » cubiste de Jean-Louis Fournier, j'aurais préféré que ce dernier le garde accroché dans sa maison. Il avait promis. Par générosité, il a voulu en faire profiter tout un chacun.

M'y résigner était le prix à payer pour garder un père, même si j'en ressors flétrie.

Moi, j'ai choisi de vivre retirée du monde pour le voir de plus haut, Jean-Louis était invité. Mais ses valises étaient trop lourdes pour l'ascension. Avec le temps, peu à peu, il s'allège :

« Mon livre est terminé depuis un mois. Marie et Monseigneur l'ont lu.

On a déjeuné ensemble, on a discuté très agréablement.

Ma fille n'était pas, finalement, si grise, ni les oreilles de Monseigneur si pointues.

Je me méfie. Peut-être qu'ils sont en train de me convertir… »

Peut-être commences-tu à entrevoir la réalité derrière ton phantasme ?

Il y a trente ans, tu as jailli de la salle de bains en disant : « Je viens d'entendre une chanson formidable », et tu as chanté :

« Il est libre Max ! Il est libre Max !
Y en a même qui disent qu'ils l'ont vu voler[1]*. »*

1. Hervé Cristiani, *Il est libre Max.*

Qu'est-ce qui rend vraiment libre si ce n'est LA VÉRITÉ ?

« Je ne suis né et je ne suis venu dans le monde que pour rendre témoignage à la Vérité. Quiconque est de la Vérité entend ma voix. » (Saint Jean, un ami qui n'est jamais loin, 18, 37.)

Qui a des oreilles...

On y va papa ?

En attendant voici ma vérité :

« Ma fille était belle, intelligente, drôle... » Aux dires de mes amis, je le suis toujours et même plus, parce que je suis heureuse.

« Monseigneur a des oreilles pointues comme Belzébuth. » Monseigneur n'est pas Belzébuth, c'est un ancien prof de fac qui travaille à la publication de ses cours et qui est catholique. Il a même été séminariste.

« Elle est entrée en religion, mais laquelle ? » La religion catholique, apostolique et romaine. On prie, on jeûne, on va à la messe, on se soucie du prochain.

« Elle n'est plus la même. » Ce n'est pas faux ! Je n'ai plus envie de me suicider tous les matins, je ne me drogue plus, je n'ai plus peur. Alors évidemment je ne suis plus la même qu'avant. Étonnant, non ?

« Elle est devenue une dame grise. » Tu l'as vu toi-même que je ne suis pas une dame grise. Ma garde-robe n'a jamais été aussi colorée. Où est le gris ? Où est le noir ? Où est le rose ? On ne peut pas être dans le rose et avoir une garde-robe grise !

« Elle ne travaille pas. » C'est ce que disait Marthe à Marie, et le Seigneur lui répond : « Marthe, Marthe, tu t'agites pour bien des choses, une seule est nécessaire, Marie a choisi la meilleure part. » C'est la part que j'ai choisie. La part du pauvre.

« Elle passe son temps à prier et à carreler les chiottes de Monseigneur. » Nous on s'installe, je carrelle les chiottes et Monsei-

gneur peint le plafond, ou le contraire. On travaille ensemble. C'est anormal ?

« Elle était charmante et drôle... Elle ne supporte plus l'humour noir, maintenant elle pratique l'humour rose, pasteurisé. » Je faisais de l'humour noir parce que ma vie était noire, de désespoir. Maintenant, je fais de l'humour rose parce que ma vie est rose d'espérance, avec des vrais morceaux de fraises bio, de mon jardin.

L'humour rose, pas morose. Ça s'arrose ?

« On médite et on médit des autres. » Toi, pardonne-moi de le dire, tu médis et tu édites.

Nous, on médite et on mérite. Ça irrite ?

Un saint à qui l'on reprochait de se retirer du monde pour chercher Dieu répondit à ses détracteurs : « Je m'en tiens à l'approbation de Jésus. »

Marie (Joseph !)

DU MÊME AUTEUR

Grammaire française et impertinente, *Payot, 1992*

Arithmétique appliquée et impertinente, *Payot, 1993*

Peinture à l'huile et au vinaigre, *Payot, 1994*

Le pense-bêtes de saint François d'Assise, *Payot, 1994*

Le C.V. de Dieu, *Seuil, 1995 ; nouvelle édition, Stock, 2008*

Le pain des Français, *Seuil, 1996*

Sciences naturelles et impertinentes, *Payot, 1996*

Je vais t'apprendre la politesse, p'tit con, *Payot, 1996*

Il a jamais tué personne, mon papa, *Stock, 1999*

La Noiraude, *Stock, 1999*

Roulez jeunesse !, *Payot, 2000*

Encore la Noiraude, *Stock, 2000*

J'irai pas en enfer, *Stock, 2001*

Pas folle la Noiraude, *Stock, 2001*

Mouchons nos morveux, *Lattès, 2002*

Le petit Meaulnes, *Stock, 2003*

Antivol, l'oiseau qui a le vertige, *Stock, 2003*

Les mots des riches, les mots des pauvres, *Anne Carrière, 2004*

Satané Dieu !, *Stock, 2005*
Mon dernier cheveu noir, *Anne Carrière, 2006*
Organismes gentiment modifiés, *Payot, 2006*
À ma dernière cigarette, *Hoëbeke, 2007*
Histoires pour distraire ma psy, *Anne Carrière, 2007*
Où on va, papa ?, *Stock, 2008*
Poète et paysan, *Stock, 2010*
Veuf, *Stock, 2011*
Ça m'agace, *Anne Carrière, 2012*

Cet ouvrage a été composé
par Nord Compo à Villeneuve-d'Ascq (Nord)
et achevé d'imprimer en août 2013
sur Roto-Page
par l'Imprimerie Floch
à Mayenne
pour le compte des Éditions Stock
31, rue de Fleurus, 75006 Paris

Imprimé en France

Dépôt légal : août 2013
N° d'édition : 02 – N° d'impression : 85169
51-51-1685/0